AF461109

CATALOGUE

DE

BEAUX

MEUBLES ARTISTIQUES

Styles Louis XV et Louis XVI

DE

FOURDINOIS, DELMAS, FOREST, KRIÉGER

MEUBLES ANCIENS — TAPISSERIES — PIANO A QUEUE D'ÉRARD

Buste en marbre de **D'ÉPINAY**, Bronzes de **BEURDELEY, THIÉBAUT** et **BARBEDIENNE**

PORCELAINES — ARGENTERIE DE TABLE ET DE STYLE

BIJOUX, PERLES, DIAMANTS

Collection d'éventails anciens — Livres rares

TABLEAUX, PASTELS, GRAVURES, TAPIS D'ORIENT

dont la vente aura lieu

HOTEL DROUOT, SALLE N° 1

Les Vendredi 20 et Samedi 21 Février 1903, à 2 h. 1/4

Me F. LAIR-DUBREUIL
COMMISSAIRE-PRISEUR
6, rue de Hanovre, 6

M. ARTHUR BLOCHE
EXPERT PRÈS LA COUR D'APPEL
28, rue de Châteaudun, 28

Chez lesquels se trouve le présent catalogue

EXPOSITION PUBLIQUE

Le Jeudi 19 Février 1903, de 2 heures à 6 heures

CONDITIONS DE LA VENTE

La vente sera faite au comptant.

Les acquéreurs paieront *dix pour cent* en sus des prix d'adjudication.

L'exposition mettant le public à même de se rendre compte de l'état des objets, il ne sera admis aucune réclamation une fois l'adjudication prononcée.

Imprimerie Chaufour, 8-10, rue Milton, Paris

DÉSIGNATION

BIJOUX, ÉVENTAILS

1 — Joli collier de sept rangs de perles d'Orient comprenant neuf cent trente perles avec fermoir composé d'une perle entourée de sept brillants.

2 — Chaîne de cou en platine avec motif pendentif, composé de deux gros brillants, de sept autres en chute et d'une barrette de quatre brillants.

3 — Bracelet gourmette en or avec chaton saphir entouré de brillants.

4 — Bourse en or enrichie de diamants.

5 — Etui et ciseaux en fer découpé à jour, XVIIe siècle.

6 — Drageoir en écaille monté en or avec rosace en roses entourée de turquoises.

7 — Bague-jumelle enrichie de deux brillants de fantaisie et brillants blancs.

8 — Bague en or ornée d'une perle fine et de roses sur le corps.

9 — Bague en or enrichie de brillants, rubis, olivines et pierres de fantaisie,

10 — Paire de boutons d'oreilles formés par deux saphirs entourés de brillants.

11 — Rang de perles fines.

12 — Broche fer à cheval enrichie de diamants et rubis.

13 — Bracelet chaîne orné de saphirs et perles fines.

14 — Eventail en dentelle de Chantilly, monture écaille enrichie de diamants.

15 — Broche trèfle enrichie de brillants, perles et roses.

16 — Broche or fer à cheval enrichie d'un saphir cabochon et de diamants.

17 — Deux boutons de chemise or avec perles fines.

18 — Bague opale entourée de brillants.

19 — Bracelet en or émaillé vert et blanc, enrichi de perles.

20 — Bracelet en or ciselé et ajouré à feuilles de lierre.

21 — Petit bracelet enrichi de perles et de pierreries.

22 — Chaîne en or.

23 — Bracelet jonc en or avec boule en lapis lazuli, cerclée d'or.

24 — Bague en or avec poignée de main.

25 — Montre de dame en or avec initiale D sur le boîtier.

26 — Eventail époque Louis XV, monture en ivoire sculpté repercé à jour et rehaussé de couleurs, feuille à sujet mythologique.

27 — Eventail époque Louis XV, monture en nacre sculptée ajourée et rehaussée d'or, feuille représentant *le Concert champêtre*.

28 — Eventail Louis XV, monture en ivoire sculpté, ajouré et rehaussé d'or, feuille représentant une partie champêtre.

29-38 — Suite de dix éventails des époques Louis XV et Louis XVI, montures en nacre et ivoire sculptés ajourés rehaussés de couleur et de dorure, feuilles à sujets mythologiques, scènes galantes et champêtres.

Seront divisés.

39 — Eventail du Ier Empire, monture en laque aventurinée, feuille en tulle pailleté et décoré de médaillons à scènes galantes et attributs.

40 — Eventail en plumes d'autruche blanches, monture en écaille blonde décorée d'une applique à guirlandes de fleurs en émail bleu et feuillages enrichis de roses.

41-45 — Suite de dix éventails du Ier Empire, montures en ivoire et bois sculptés et repercés à jour, feuilles en soie peinte à fleurs et sujets mythologiques, et en tulle pailleté et décorés de médaillons à scènes galantes et attributs symboliques.

Seront divisés.

ARGENTERIE, SERVIGES

46 — Paire de belles girandoles à trois lumières en argent finement ciselé à ornements délicats. XVIIIe siècle.

47 — Deux coupes en biscuit et porcelaine blanche et or, Ier Empire, supportées par des amours accroupis.

48 — Douze tasses à thé et douze tasses à café avec soucoupes de Sèvres, décor à sujets champêtres, ornements à rehauts d'or.

49 — Beau service de table en porcelaine de Saxe, décor à bouquets de fleurs, se composant d'une grande soupière ovale, deux légumiers, trois plats ronds, quatre plats longs, un plat carré à salade, cinq coupes de surtout, quatre raviers, une saucière avec sa cuiller, soixante-cinq assiettes et six petites assiettes à glaces.

50 — Deux carafes à anses avec bouchons à ailerons en verre d'Allemagne gravé.

51 — Plateau sur trois pieds ciselé et argenté.

52 — Service à liqueurs Louis XV en argent, composé d'un plateau, deux carafons et douze verres.

53 — Broc à bière en ivoire, monture en argent.

54 — Jardinière en argent. Style Louis XV.

55 — Service à glace de quatre pièces en argent.

56 — Douze couverts à entremets en vermeil. Style Louis XVI.

57 — Plateau à œufs en argenture.

58 — Service à hors-d'œuvre en argent.

59 — Douze cuillers à café en argent.

60 — Trente-huit couverts en argent.

61 — Ving-trois fourchettes et vingt-neuf cuillers à entremets en argent.

62 — Cafetière, sucrier, bouilloire en argent.

63 — Truelle à poisson en argent.

64 — Cuiller à sucre en argent.

65 — Service à bonbons en argent.

66 — Douze cuillers à café en vermeil.

67 — Louche en argent.

68 — Quatre salières en argent de style Louis XV.

69 — Pince à sucre en argent.

70 — Deux cuillers à entremets en argent.

71 — Onze couteaux manches en ivoire, lames en argent.

72 — Quinze couteaux de table manches en ivoire, lames en acier.

73 — Deux flacons Louis XV en cristal gravé bouchons en argent.

OBJETS D'ART

74 — Très beau buste de la princesse Marguerite de Savoie en costume de cour, coiffure haute, corsage de brocart avec manteau élégamment drapé, parée de joyaux. Œuvre de d'Epinay, socle en marbre bleu turquin.

75 — Très jolie garniture de cheminée, pendule et deux candélabres en bronze finement ciselé, partie dorée, partie patine foncée, style Louis XVI, travail de Beurdeley, la pendule représente un gracieux groupe de bacchantes et de nymphes, les candélabres à bouquets de trois lumières portés par des femmes ailées, sur des terrassements avec bas-reliefs à figures, arabesques et ornements rappelant par leur finesse les plus jolis bronzes de Gouthière.

76 — Paire de jolis chenêts à figures de sphynx en bronze, patine foncée sur terrassements fonds bleuis et bronze doré, style Louis XVI, de Beurdeley.

77 — Beau groupe : *Hébé et Jupiter* bronze à patine verte de Rude signé, édition de Thiébaut, socle en marbre rouge griotte.

78 — Paire de jolis candélabres à cariatides d'enfants tenant des couronnes de fleurs, avec bouquets à sept lumières en bronze ciselé, partie dorée, de style Louis XVI, de la maison Thiébaut.

79 — Paire de chenêts en bronze ciselé et doré à figures d'enfants se chauffant les mains sur des rinceaux à volutes, avec brûles-parfums aux extrémités, style Louis XVI, maison Thiébaut.

80 — Groupe bronze vert : enlèvement d'une bacchante par un satyre, de Clodion, maison Thiébaut, socle en marbre.

81 — Grand et beau cartel Louis XVI en bronze doré avec mascaron draperies et gerbes feuillagées.

82 — Trois plats et dômes en cuivre repoussé, XVIe siècle.

83 — Aiguière et bassin en cuivre uni forme persane.

84 — Paire de candélabre, à trois lumières, brûle-parfums en bronze doré. Style Louis XVI.

85 — Miroir sur chevalet, monture en argent guilloché et nœud de rubans.

86 — Statuette en terre cuite · *Baigneuse* de Pasqué.

87 — Lampe formée par un vase, en vieux chine gris craquelé, monture en bronze ciselé et doré à guirlandes de fleurs et tores de lauriers. Style Louis XVI, de la maison Caisso.

88 — Lampe formée par un vase en vieux chine flambé, monture en bronze ciselé et doré à rocailles Louis XV, de la maison Caisso.

89 — Paire de flambeaux à colonnettes cannelées et feuilles d'acanthe en bronze doré. Style Louis Louis XVI, de Caisso.

90 — Vase en verre de Venise opalin avec serpent enroulé de Salviati.

91 — Coupe forme coquille en verre de Venise vert émeraude et topaze rosée avec dragons et cheval. Pegaze de Salviati.

92 — Brasero en cuivre poli sur trois pieds griffons, XVIe siècle.

93 Deux belles potiches avec couvercles en vieux chine famille verte, décor à personnages, dans des paysages.

94 — Buste en bronze patiné claire. *La Frileuse* de HOUDON. Edition de BAUR.

95 — Groupe en biscuit : *Le petit Dauphin*, socle en bronze ciselé et doré. Style XVIIIe siècle, monture de GAISSO.

96 — Vase et deux cornets en ancienne porcelaine de Chine famille rose décor à fleurs et paysages.

97 — Deux perdrix en émail cloisonné de Chine, décor polychrome.

98 — Paire de vases en porcelaine de Tournai pâte tendre fond gros bleu à rehauts d'or, avec médaillons à sujets peints par SIMONET. Signés ; montures en bronze ciselé et doré. Style Louis XVI.

99 — Tasse et soucoupe de Tournai fond rose pompadour à rehauts d'or et de fleurs de lys émaillées en relief, avec médaille ou *portrait de Mme de Montesson*.

100 — Tasse et soucoupe lobées en saxe fond rose et médaillon d'après WATTEAU.

101 — Brûle parfums sur quatre pieds consoles, de Saxe, décor à fleurs.

102 — Deux petits vases sur socles, de Vienne, décor à sujets champêtres.

103 — Deux figurines d'Allemagne : *Arlequin et Colombine*.

104 — Groupe de deux figures : *Les Danseurs*.

105 — Groupe en bronze : *Le Baiser*, d'HOUDON, sur fût de colonne cannelé.

106 — Buste de Minerve en biscuit de Sèvres, socle en bronze doré.

107 — Boîte à thé en vieux Japon polychrome.

108 — Petit vase en vieux Chine, famille rose à oiseaux et fleurs.

109 — Six petits groupes en ivoire japonais, sujets variés.

110 — Paire de grands vases de forme assyrienne en bronze doré et ciselé, ornés d'émaux cloisonnés, sur socles en marbre noir. Œuvre du sculpteur ornemaniste CONSTANT SEVIN. La composition en a été faite poua l'Exposition Universelle de Paris en 1878. Travail de BARBEDIENNE.

111 — Garniture de cheminée de style Louis XVI en marbre blanc et bronzes dorés, composée d'une pendule et de deux candélabres.

112 — Paire de belles potiches, avec couvercles en porcelaine de Chine, décor à fond bleu turquoise semis de fleurs et d'ornements, médaillons à personnages et paysages.

113 — Jardinière en bronze finement ciselé, fond vannerie avec oiseaux et branchages en haut-relief, patiné claire. Travail Chinois.

114 — Grand et beau buste en marbre, représentant Vittoria Corvinia Cornelii Filia AVG. VRS. Costume et coiffe, XIVe siècle.

115 — Buste en marbre représentant : *Marguerite de Valois*, par Faure de Brousse.

116-117 — Deux groupes en bronze : *Satyre, faunesse et petits bacchants*, à patine noire de Clodion.

118 — Deux vases en porcelaine, fond rouge, monture en bronze doré. Style Art Nouveau.

119 — Paire de beaux chenêts en bronze ciselé et doré : brûle-parfums sur balustrades. Style Louis XVI.

120 — Paire de girandoles à sept lumières en bronze doré, modèle à rocailles. Style Louis XV.

121 — Flambeau à bouillotte à trois lumières en bronze ciselé et doré. Ier Empire.

122 — Très beau groupe en bronze : l'*Innocence à la Source*, de Levasseur et signé, disposé pour l'électricité sur socle en marbre vert de mer.

123 — Paire de vases en bronze du Japon, anses à dragons, patine rouge.

124 — Paire de vases en émail cloisonné à dessin polychrome et aventurine fond noir et bleu.

125 — Paire de vases en porcelaine de Chine, décor à cartels de personnages et paysages.

126 — Très jolie pendule en bronze ciselé et doré représentant l'*Amour rémouleur*, cadran tournant. Époque Ier Empire.

127 — Grande potiche avec couvercle en ancienne porcelaine de Chine, décor à bouquets de fleurs et papillon en émaux de couleur.

128 — Support en bois de fer sculpté incrusté de nacre. Travail chinois.

129 — Paire de girandoles Louis XV en bronze argenté.

130 — Joli marbre de Carrare sujet : *Femme sortant du bain*, sur colonne marbre blanc.

131 — Pendule Louis XVI, marbre ornée de bronzes ciselés et dorés.

132 — Paire de candélabres marbre garnis de bronzes ciselés et dorés.

133 — Paire de vases marbre avec couvercles ornés de bronzes ciselés et dorés.

134 — Buste en marbre : *Coquette*, monté sur bronze.

135 — Paire de girandoles Louis XVI en bronze argenté.

136 — Paire de candélabres forme tige surmontées de cigognes en bronze.

137-140 — Suite de différentes armes.

141 — Important service de table en porcelaine à décor polychrome.

142 — Buste en terre cuite : *Portrait de femme Louis XV*.

143 — Groupe en terre cuite : *Lions*.

144 — Suite de quatre médaillons en ivoire sculpté à sujets religieux.

144 *bis* — Statuette en marbre blanc : *La Esmeralda*, par H. MOREAU.

145 — Buste de femme en marbre blanc, par CARRIER-BELLEUSE.

LIVRES

145 *bis* — La Femme au XVIIIe siècle par Edmond et Jules de GONCOURT, illustré de soixante-quatre reproductions des œuvres des maîtres de l'époque par DUJARDIN, 1 vol. relié ; édition rare tirée sur papier vélin.

146 — Les Fables de La Fontaine, avec illustrations de Gustave DORÉ, 1 grand vol. relié.

147 — Histoire de Manon Lescaut, 1 vol. relié, avec illustrations de Maurice LELOIR ; édition de LAUNETTE.

148 — Les Cahiers du capitaine Coignet, 1776-1850, de LOREDAN-LARCHEY, illustrations de LE BLANT, 1 vol. relié.

149 — Le voyage sentimental en France et en Italie, par EMILE BRÉMONT illustration de MAURICE LELOIR 1 vol. relié.

150 — La Farce de Maitre Pathelin, par GEORGES GASSIES DES BRULIES, illustrations de BOUTET DE MONVEL, 1 vol. relié.

151 — Costume des Femmes françaises célèbres par leur talent, leur rang ou leur beauté, d'après Pierre Lamésangère, 24 livraisons comprenant 70 planches en couleur.

152 — La Revue illustrée, collection complète en 31 volumes reliés et 1 vol. non relié.

TABLEAUX, DESSINS

BAUDOUIN

153 — *Le Soir et le Matin.*

Deux superbes gravures avant la lettre.
Cadres dorés à trophées et guirlandes, style Louis XVI

BERNE BELLECOUR (E.)

154 — *Aux environs de Champigny Souvenir de 1870.*

Signé à droite.

CARRIER BELLEUSE (Pierre)

155 — *La Femme au chapeau rose.*

Pastel.

156 — *La Femme au chapeau noir,*

Pastel.

157 — *Tête de femme rousse.*

Pastel.

DIETRICH

158 — *Le Guitariste.*

ECOLE FRANÇAISE

159 — *Le Sommeil.*

Joli pastel.

GÉRARD DE LAIRESSE

160 — *Diogène.*

Grand et beau tableau.

GREUZE (Attribué à)

161 — *Tête de petit garçon.*

GROPEANO

162 — *La Princesse aux cheveux d'or.*

Très beau pastel.

GROPEANO

163 — *La Blonde Slave*

Joli pastel

LE BARBIER

164 — *La marchande d'oiseaux.*

Belle sanguine.
Cadre doré, style Louis XVI.

MIGNARD

165 — *Portrait de grande dame regardant presque de face parée de joyaux*

Toile ovale.
Cadre bois sculpté et doré.

PATER (attribué à)

166 — *L'Hiver et l'Été.*

Deux charmantes compositions à plusieurs person-personnages : les uns [illegible] sous la verdure et les autres patinant sur une pièce d'eau dans un parc.

VERCHAIN (Louis)

167 — *Paysage.*

Très belle aquarelle.

VESTIER (attribué à)

168 — *Portrait de Madame de Cossé.*

Un élégant costume bleu garni de dentelles, tenant une rose à la main.

169 — Jolie gouache : la *Perte irréparable*, attribuée à BAUDOUIN.

Cadre bois sculpté et doré.

〰〰〰

MEUBLES

170 — Joli meuble formant vitrine et crédence en bois satiné orné de colonnettes finement cannelées, garni de bronzes ciselés et dorés. Style Louis XVI. Travail de Fourdinois.

171 — Jolie table rectangulaire en bois satiné avec entrejambe ornée de bronzes finement ciselés et dorés. Style Louis XVI, de Fourdinois.

172 — Piano à queue en palissandre clair d'Erard.

173 — Petit canapé en bois de noyer sculpté à cannelure, perlé, rais de cœur et chutes de fleurs, style Louis XVI, de Dumas, couvert en tapisserie au point et petit point à guirlandes de fleurs, nœuds de rubans et attributs champêtres. Travail de montage de la maison Forest.

174 — Deux bergères à oreillons, modèle de Trianon, en bois de noyer finement sculpté. Style Louis XVI, de Dumas, couvertes en tapisserie au point et au petit point à trophées d'attributs champêtres et de musique avec colombes suspendues à des nœuds de rubans au milieu de guirlandes de fleurs. Travail de montage de la maison Forest.

175 — Ameublement de petit salon, style Louis XVI : canapé et deux fauteuils en bois de noyer, finement sculpté, dossiers à médaillons de Delmas, couverts en tapisserie au point à gerbes de fleurs, rinceaux fleuris sur fond clair. Travail de montage de la maison Forest.

176 — Deux chaises légères en bois sculpté et doré, couvertes en soie blanche rayée et brodée à bouquets de fleurs. Style Louis XVI, de Fourdinois.

177 — Table à jeu en noyer sculpté, pieds cannelés. Style Louis XVI, de Schneider.

178 — Petite glace Louis XVI, cadre en bois sculpté et doré à fronton offrant des instruments champêtres.

179 — Chaise légère en noyer finement sculpté, dossier à colonnettes, foncée de canne. Style Louis XVI, de Delmas

180 — Très joli buffet argentier à deux corps, ouvrant à quatre portes, le haut à glaces, tout en bois finement sculpté à rocailles, époque Louis XV. Intérieur garni de rouge.

181 — Belle console formant desserte en bois sculpté à rocailles, dessus en marbre brèche, époque Louis XV.

182 — Meuble à deux corps en noyer sculpté, portes décor à ornements, montants et côtés à fines colonnettes. XVIe siècle.

183 — Huit chaises de salle à manger en noyer sculpté, couvertes en panne rouge, style Renaissance, de ROBIN.

184 — Meuble à deux corps en bois de noyer sculpté à fronton, têtes de chérubins aux angles, ouvrant à quatre portes, avec rangée de tiroirs, XVIe siècle.

185 — Commode à trois rangées de tiroirs en bois rose et marqueterie, garnie de bronzes dessus en marbre. Epoque Louis XVI.

186 — Porte-manteau en bois sculpté, à ornements. XVIIe siècle.

187 — Glace avec cadre en noyer sculpté à chûtes de fleurs et figures, de FOREST.

188 — Bel ameublement, secrétaire, console et psyché en bois d'acajou orné de marqueterie de cuivre et à colonnettes cannelées de l'époque Louis XVI.

189 — Lit de milieu de même style. Travail de FOURDINOIS.

190 — Deux bergères en bois d'acajou ornées de fines incrustations de cuivre, à colonnettes cannelées, même style, de FOURDINOIS.

191 — Table poudreuse de l'époque Louis XVI, en bois rose et marqueterie, avec tablette à écrire, gainée de soierie rayée rose à l'intérieur.

192-193 — Deux guéridons de chevets à étagères en bois d'acajou, garnies de bronzes doré. Style Louis XVI, de SCHNEIDER.

194 — Chaise Louis XVI en acajou ornée de bronzes dorés, dossier forme lyre, couverte en soierie crème brochée et capitonnée.

195 — Petite table en bois sculpté de FOREST.

196 — Gaîne en marbre à trois faces.

197 — Glace avec cadre et trumeau en bois sculpté, partie doré, fronton à nœuds de ruban et guirlandes de fleurs, peinture représentant : *Une offrande à l'amour*. Époque Louis XVI.

198 — Meuble de salon en bois sculpté et doré, de style Louis XV, garni en lampas, dessin à fleurs composé de : un canapé, deux fauteuils et deux chaises, de la maison KRIÉGER.

199 — Console en bois sculpté et doré à têtes et écussons, travail italien XVIIe siècle.

200 — Grande toilette en bois sculpté, dessus de marbre gris surmonté d'une glace avec étagères d'encoignures.

201 — Ecran en bois sculpté et doré, feuille en étoffe brodée.

202 — Petit guéridon sur pied orné de bronzes.

203 — Lit en bois doré avec panneaux en étoffe Louis XVI.

204 — Armoire en bois sculpté modern style.

205 — Chaise-longue en bois sculpté en deux parties couverte en velours pékin vieux rose. Style Louis XV.

206 — Fauteuil de même style.

207 — Chaise-longue et fauteuil couverts en damas de soie grisaille.

208 — Deux meubles style japonais en bois sculpté laqué blanc.

209 — Table à coiffer en acajou.

210 — Deux chaises Louis XVI en bois doré.

211 — Table à jeu.

212 — Console Louis XV en bois sculpté et doré, peint blanc rehaussé d'or, dessus en marbre blanc.

213 — Très beau meuble crédence et dressoir en noyer sculpté, montants à cariatides sur gaînes, battants décorés de sujets et d'ornements en bas-relief, piètement à cariatides accouplées. Style Renaissance.

214 — Petite table ronde en bronze ciselé et doré, pieds bleuis, dessus en marbre. Style Louis XVI.

215 — Joli petit meuble-cabinet en bois noir, ouvrant à deux portes offrant à l'intérieur des scènes de l'Ecole flamande XVIIe siècle.

216 — Joli petit secrétaire Louis XVI en fine marqueterie de bois de luxe sur trois faces.

217-218 — Deux encoignures Louis XVI s'ouvrant à une porte en marqueterie, garnies de frises et ornements en bronze doré.

219 — Grande bergère en bois sculpté et doré, dossier cintré orné d'attributs champêtres, couverte en lampas rouge broché à bouquets et ramages blancs. Style Louis XVI.

220 — Deux petits sièges à dossiers mi-circulaires à balustrades en bois sculpté et doré, couverts en soie crème brochée. Style Louis XVI.

221 — Ecran en bois sculpté et doré, montants à colonnettes, fronton à trophée, garni de soie blanche brodée à bouquets détachés. Style Louis XVI.

222-223 — Deux jolies colonnes-supports en marbre vert, avec chapiteaux corynthiens et montures en bronze doré.

224 — Poudreuse Louis XVI en marqueterie de bois de luxe, avec bronzes ciselés et dorés.

225 — Jolie commode Louis XVI en marqueterie de bois de luxe, s'ouvrant à deux tiroirs, ornée de bronzes ciselés et dorés, dessus marbre.

226-227 — Deux meubles d'appui forme demi-lune en marqueterie de bois de luxe à sujets, attributs de musique, garnis de bronzes ciselés et dorés, dessus marbre.

228 — Petit meuble Louis XVI s'ouvrant à trois tiroirs, en marqueterie de bois de luxe, orné de bronzes ciselés et dorés, dessus marbre.

229 — Table de salon Louis XVI en bois sculpté à nœuds de rubans et guirlandes, dessus marbre.

230 — Guéridon forme rognon en marqueterie de bois de luxe, orné de bronzes ciselés et dorés, dessus marbre.

TAPISSERIES

TENTURES — TAPIS

231 — Grande et belle tapisserie à sujet allégorique, scène à nombreux personnages, avec riche bordure. XVIIe siècle.

232 — Suite de trois jolies tapisseries à paysages boisés avec vues de châteaux, fonds clairs et animés de nombreux volatiles de toutes espèces, avec bordures à corbeilles de fleurs et de fruits, thyrses, guirlandes et ornements. XVIIIe siècle.

233 — Deux panneaux d'entre-deux en tapisserie faisant suite à la série précédente, sans bordure.

234 — Très beau couvre lit en satin blanc richement brodé à oiseaux, paons et fleurs en soie de toutes nuances. Travail d'une finesse remarquable, avec franges de soie.

235 — Carpette Turcoman fond blanc, dessin polychrome.

Long. 5^{m}. : Larg. 4^{m}.

236 — Petit tapis de table en velours treillagé de galons passementerie, avec médaillon en ancienne tapisserie à figure de soleil et fleurs, travail de Fourdinois.

237 — Dessus de piano à queue, en soie ancienne fond crème brochée à fleurs.

238 — Tapis long ancien d'Orient, dessin polychrome.

239-240 — Deux beaux tapis anciens d'Orient.

241 — Robe turque brodée.

242 — Objets omis.

www.ingramcontent.com/pod-product-compliance
Ingram Content Group UK Ltd.
Pitfield, Milton Keynes, MK11 3LW, UK
UKHW020516180726
13839UKWH00005B/2132